www.tredition.de

ASTRID KLAMMER

***

SKORBENTAL

© 2017 Astrid Klammer
Umschlag, Illustration: Katharina Kempka, Melanie Linka
Lektorat, Korrektorat: Holger Klammer

Verlag und Druck: tredition GmbH, Grindelallee 188, 20144 Hamburg

ISBN
Paperback: 978-3-7439-5119-8
Hardcover: 978-3-7439-5120-4
e-Book: 978-3-7439-5121-1

Dieses Buch ist meinen Söhnen Chris und Cedric gewidmet. Ich liebe euch.

Herzlichen Dank an meinen Lektor, meinem Seelengefährten, der auch gleichzeitig mein Ehemann ist, für seine Geduld und Zuversicht. Ich liebe dich.

Mein Dank richtet sich auch, insbesondere für die Unterstützung bei den Illustrationen, an Katharina Kempka, Betriebswirtin und Hobbykünstlerin,
sowie an Melanie Linka (www.melanielinka.de), Schauspielerin und Schauspieldozentin.

Danke an Birgit und Kerstin, die immer ein offenes Ohr für mich hatten.

Zeit

Skorbental

Kapitel 1 Zeit

Es war Vollmond, und Rebekka konnte auch wie in so vielen Nächten zuvor nicht einschlafen.

Zwischendurch vielen ihr immer wieder die Augen zu, doch ihre Eltern unten im Wohnzimmer brüllten sich mal wieder an, sodass an Schlaf nicht zu denken war.

Ihre Nerven waren bis zum Anschlag gespannt, doch ändern konnte sie diesen Zustand nicht. Sie hielt sich die Ohren zu, ihre Gedanken schweiften in die Vergangenheit ab.

Die Erinnerung holte sie ein, ihre Gedanken schwelgten ins Unendliche.

Ein gemeinsamer Ausflug blieb in ihrem Gedächtnis haften, als wäre die Zeit stehen geblieben. Sie erinnerte sich, als wäre sie mittendrin.

Es war an einem Wochenende im Sommer, Dad hatte sich von seinen Verpflichtungen freigenommen und war richtig relaxt. Er schlug vor, dass sie doch gemeinsam zum See gehen könnten, der nicht so weit entfernt war.

Mum und Steven, ihr kleiner Bruder, waren Feuer und Flamme. Auch Rebecca freute sich mal wieder etwas mit ihrer Familie zu unternehmen.

Am Abend vor dem Tag waren alle sehr aufgeregt, sie beratschlagten gemeinsam, was sie alles mitnehmen mussten, ihre Mum backte Waffeln.

Dad suchte das rote aufblasbare Paddelboot und Steven hüpfte vor lauter Vorfreude wie ein Flummi durch das Haus.

Am nächsten Tag, ging es los. Alle waren gut gelaunt.

Sie hatten sich zu viert auf den Weg gemacht, Steven, ihr kleiner Bruder, stolzierte mit seinem Rucksack vorneweg, Mum hatte ihm eine Kleinigkeit an Proviant eingepackt und natürlich seinen geliebten Stoffelefanten, den er, seit seiner Geburt hatte; er nahm ihn immer und überall mit.

Mum und Dad schlenderten Hand in Hand hinterher und Rebekka hatte Stöpsel in den Ohren und hörte Musik.

Nachdem sie gefühlte mindestens drei Stunden hinter sich gebracht hatten, sahen sie endlich den wunderschön gelegenen See vor sich. Es war ein Geheimtipp von ihrer Granny.

Sie suchten sich einen schattigen Platz und breiteten ihre mitgebrachte Decke aus.

Steven überschlug sich beinahe beim Ausziehen und purzelte das ein ums andere Mal auf den Boden. Lachend stand er wieder auf und wurschtelte solange bis er es geschafft hatte seine Hose und sein T-Shirt auszuziehen. Nur noch in Badehose, aber dann laut kreischend rannte er los, um dann in das Wasser zu springen.

Mum legte sich entspannt auf die Decke und nahm sich ein Buch.

Dad und Rebekka liefen hinter Steven her und versuchten ihn einzufangen aber bei so einem Irrwisch war es gar nicht so einfach.

Nachdem die drei laut kichernd und prustend bestimmt eine halbe Stunde herumgetollt hatten, schnappte Dad sich Steven und ging mit ihm zurück zu Mum.

Eigentlich hatte Rebekka genug vom Wasser, aber die Seerosen faszinierten sie doch sehr. Schon immer zogen sie Blumen magisch an; also schwamm sie noch eine Weile zwischen den Rosen herum, legte sich auf den Rücken und genoss den Ausblick in den strahlend blauen Himmel.

Von Weitem hörte sie ihre Mum rufen: „Schwimm nicht so weit raus!", aber da passierte es auch schon, grad als sie sich wieder in Schwimmposition begeben wollte, blieb sie mit ihrem Fuß in einer Seerose Hängen, durch die Anstrengung loszukommen bekam sie einen Wadenkrampf, immer wieder wurde sie unter Wasser gezogen. Sie versuchte zu rufen doch ihre Stimme war so panisch, dass sie keine vernünftigen Wörter herausbekam.

Immer wieder fuchtelte sie mit den Armen und rief: „Dad, Hilfe". Da verschwand ihr Kopf unter der Wasseroberfläche, konnte sich zwischendurch aber hochstrampeln. Sie rief: „Hier bin ich Dad." Prustend und Wasser spuckend tauchte sie das eine oder andere Mal wieder auf, fuchtelte immer wieder mit den Armen.

Jedes Mal beim Untertauchen, dachte sie etwas gesehen zu haben, wie ein zu groß geratener Medizinball aber länglich oval nach oben gezogen, spitze Zacken verliefen über die Hälfte der Fläche.

Es sah fast so aus, als wären es scharfe Zähne, Gänsehaut bildete sich auf ihrem ganzen Körper und immer wieder sah sie es, oder war es doch nur Panik?

Endlich sah ihr Dad sie, er lief so schnell er konnte ins Wasser in Jeanshose und Hemd, gerade mal die Schuhe hatte er sich ausgezogen.

Rebekka rief: „Dad mein Fuß hängt fest, ich krieg ihn nicht raus." Angst stand in ihren Augen. „Bleib ruhig, ich helfe dir" erwiderte er und tauchte schon unter. Er ruckelte und zerrte an ihrem Fuß, endlich schaffte er es sie zu befreien.

Ganz außer Atem schwammen die beiden ans Ufer. Aufgeregt warteten die anderen dort, einer von den Badegästen rief noch er wolle einen Krankenwagen Rufen aber Rebekkas Dad sagte, dass das alles in Ordnung wäre.

Ihr Dad hatte nichts gesagt aber ihre Mum regte sich damals ziemlich auf und geweint hatte sie auch.

Steven schaute sie nur mit großen Augen an, ganz zittrig war er. Rebekka nahm ihn liebevoll in den Arm und versicherte ihm immer wieder das es ihr gut gehe.

Aber in Gedanken war sie immer noch bei diesem hässlichen Gesicht aus dem Wasser; sie sagte sich immer wieder, dass es nur ein Hirngespinst war, doch so ganz wollte die Gänsehaut nicht verschwinden.

Nach einer Weile beruhigte sie sich, doch das mulmige Gefühl blieb.

Sie blieben noch ein wenig dort, und machten sich dann auf den Heimweg mit Zwischenstopp an einer Eisdiele um den Schrecken einigermaßen zu verdauen.

Aber das war lange her, seitdem die Arbeitslosigkeit herrschte, war alles anders geworden. Dad trinkt, dann vergisst er alles, sogar dass er seine Frau eigentlich liebt.

Erst heute Nachmittag hatte ihre Mum gesagt, dass es so nicht weitergehen kann. Sie weinte und verdeckte ihr blaues Auge. Doch Rebekka wusste ohnehin Bescheid.

In diesem Sommer war sie siebzehn geworden, doch ihre Mum behandelte sie immer noch, als wäre sie erst zehn.

Je wurde sie aus ihren Gedanken herausgerissen, als die Schreie von unten wieder lauter wurden.Jetzt schlug er sie wieder, und sie musste hilflos zusehen, oder besser gesagt zuhören.

Er fing das Trinken an, als sein Chef ihm kündigte. Rebekka kam aus der Schule und ihr Dad saß auf der Couch und hatte eine Zigarette in der Hand, obwohl er damit eigentlich schon lange aufgehört hatte. Vor ihm stand eine leere Flasche Wein, den für besondere Anlässe.

Mum winkte sie sofort in die Küche. Da lag die Kündigung. Wegen schlechter Auftragslage stand darin, Dad war zwar ein guter Mitarbeiter, doch es soll auch interne Differenzen gegeben haben. Um was es sich da so genau handelte, war in dem Schreiben nicht aufgeführt, doch ihre Mum hatte es ihr so erzählt.

Auf dem letzten Weihnachtsfest soll ihr Dad sich mit seinem Chef gestritten haben. Um was es da genau ging, wusste ihre Mum auch nicht, aber eine Meinungsverschiedenheit soll der Auslöser gewesen sein. Die kam seinen Chef aber jetzt sehr gelegen und ein halbes Jahr später hatte er sich dann wieder daran erinnert.

Grad jetzt wo doch die Sommerferien begonnen hatten. An dem besagten Tag also, als Dad auf der Couch saß und Rebekka mit ihrer Mum in der Küche war, stürzte er auf einmal hinein und gab ihrer Mum die ganze Schuld. Er schrie sie an, dass sie zu oft bei ihm im Büro angerufen hätte und ihre Probleme nicht für sich behalten konnte, dass er sich immer nur über sie aufregen müsste und dass sein Chef es zu oft mitbekam.

Er redete sich so in Fahrt das Rebekka dazwischen gehen musste. Sie versuchte ihn zu beschwichtigen, doch er war nicht mehr Herr seiner Worte.

Ihr Dad hatte sich immer mehr gesteigert, seine ganze aufgestaute Wut kam zum Vorschein. Voller Inbrunst räumte er mit einem Wisch den kompletten Tisch ab und rannte dann mit hochrotem Kopf hinaus.

Die ganze Nacht war er fortgeblieben und erst morgens gegen acht Uhr zum Frühstück erschienen. Das Thema wurde seitdem nicht mehr angesprochen. Doch wie er an dem Abend war, so ist er jetzt immer.

Traurig schaute Rebekka zum Fenster, von dort aus konnte sie ihren Lieblingsbaum sehen, ein Apfelbaum, der im Frühling weißrosa Blüten trägt Man sah schon winzig kleine Früchte daran. Grad mal so groß wie eine Erbse.

Ihre Gedanken rotierten im Kopf, würden ihre Eltern sich jetzt scheiden lassen? Müssten sie hier wegziehen?

Erinnerungen kamen in ihr hoch, sie schaute gedankenvoll aus dem Fenster.

Wie lange es erst einmal gedauert hatte bis der Garten zu blühen begann, es steckte viel Mühe und Erinnerungen, wenn auch nicht wirklich schöne darin.

Sie ließ ihre Gedanken kreisen. Und schaute durch das Fenster in den Garten.

Von der selbst gebauten Terrasse, aus Natursteinen gearbeitet in einem warmen braun-Rot Ton gehalten, ging man eine gewundene Treppe herunter die in den eigentlichen Garten führte der mit Wald und Wiesenkräutern übersät und im eigentlichen Sinne bestimmt kein gewöhnlicher Garten war.

Überall gab es kleine Inseln mit einem Teich, der noch immer die Goldfische ihres Bruders beherbergte.

Ihr Bruder, die Erinnerung schmerzte, sie schüttelte mit dem Kopf und sah sich weiter um.

Dort gab es einen Bachlauf, den hatten sie gemeinsam gebaut, na ja Steven hatte zugeschaut und ab und zu mal einen Kieselstein angegeben. Es gab dort eine kleine Brücke über die man gehen konnte und verschiedene Sitzmöglichkeiten.

Hier eine Hängematte dort ein Schaukelstuhl oder auch nur ein schönes Stück Wiese. Es waren gewundene Pfade angelegt worden, Hecken und Büsche übersichtlich und doch versteckt, jeder hatte so sein eigenes Reich.

Rebekkas Lieblingsplatz war ein Strandsessel, den sie mal für ein paar Cent auf dem Flohmarkt ergattert hatte. Dort konnte sie der Welt entfliehen, sich Gedanken machen über den Sinn des Lebens, mit sich selbst Diskussionen führen.

Denn obwohl sie schon der Kindergartenzeit entwachsen war, glaubte sie noch an Elfen, Gnome, Trolle und Einhörner.

Trotz der unendlichen Wut und des nicht enden wollenden Getöse aus den unteren Räumen, versuchte sie sich abzulenken, ihre Gedanken kamen einfach nicht zur Ruhe.

Leise öffnete sie die Tür und überlegte sich den Schritt zu wagen ins Wohnzimmer zu gehen. Ihre innere Stimme hielt sie davon ab, also ging sie wieder zurück in ihr Zimmer und schaltete den Fernseher ein. Zappte hier hin und dorthin aber nichts lief was sie interessieren könnte. Nach einer Weile entschloss Rebecca sich doch mal langsam ins Bett zu gehen, unten war es mittlerweile auch leiser geworden.

Rasch zog sie sich aus und schlüpfte unter ihre Decke, schnappt sich ihr Handy und langsam glitt sie über leiser Musik in das Reich der Träume.

Kapitel 2 Nirgendland

Der Traum, es ist der Traum lass mich aufwachen, bitte! Wo bin ich warum kannst du mich nicht in Frieden lassen.

Mit einem Ruck wachte Rebekka auf, schaute auf die Uhr und bemerkt, dass es ja erst 5:00 Uhr früh war.

Er war wiedergekommen, dieser Traum den sie seit ihrer Kindheit nicht mehr hatte.

Wie sollte sie ihn beschreiben?

Sie war an einem Ort im Nirgendwo, um sie herum waren Dinge, Gestalten und Eindrücke, die sie nie zuvor gesehen hatte. Rebekka kannte sie und auch wieder nicht.

Da war der kleine Gnom Flux. Er maß vielleicht gerade die Länge von einem Tischbein, allerdings hatte er eine sehr mächtige Nase, die alle paar Sekunden extrem tropfte. Nur tropfte es kein Wasser, sondern bei jedem Tropf-Tropf, fiel eine winzig kleine Blüte auf den Boden und sobald sie den Boden berührte, zerstäubte sie ins Nichts.

Kelia, eine Elfe von außergewöhnlicher Schönheit, zart fast durchscheinend, filigran anzuschauen, goldblonde lange Haare, etwa so groß wie ein durchschnittliches 14-jähriges Mädchen und im Gegensatz zu Flux von ernster Natur. Mit ihren meergrünen Augen konnte sie jeden verzaubern.

Nicht zu vergessen Zierses, er sah aus wie eine zu groß geratene Katze. Sein weiches, braunrotes Fell hatte die Möglichkeit sich in giftige Stacheln zu verwandeln, die er zur Verteidigung einsetzen konnte, doch nur wenn die Gefahr an einem kritischen Punkt anlangte.

Er war das Lieblingstier von Goldor. Zierses war ein schon in die Jahre gekommener Brolkendachs.

Goldor war ein außergewöhnliches Wesen, er hatte eine stattliche Größe und würde nicht mehr durch eine normale Tür hindurch passen ohne seinen Kopf einzuziehen.

Eigentlich sah er wie ein normaler Mann aus. In Menschenjahren gerechnet an die 30 Jahre, doch war er um einiges älter. Nach 500 Jahren hatte er aufgehört zu zählen.

Seine Haut glänzte schuppig silbern, seine Augen waren tiefrot, sein Haar hatte die Farbe von schwarzem Samt und ging ihm weit über die Schultern. Aus diesem Grund band er es sich zu einem Zopf zusammen.

Seine Kleidung bestand aus einem lederartigen schwarzen Stoff. Er trug eine Hose, die wie eine Jeans geschnitten war und darüber ein Oberteil, das scheinbar handgefertigt war. Es erinnerte an eine enganliegende, langärmelige Weste.

Zum Abschluss trug er einen Mantel, der ihm bis zu den Knöcheln reichte.

Seine Hände hatten an der Oberseite eine streben artige Verdickung, die zu den Fingerknöcheln auslaufend waren. Sie schimmerten in einem blassen Grün. Goldor war der Älteste seines Stammes, der in allen Dimensionen verstreut war.

Ihm war es mit Kelia bestimmt in die menschlichen Träume zu huschen und deren Seele mit auf die Reise zu nehmen aber nur zur Absicht guter Dinge.

All das war Rebekka nicht fremd doch es war ihr unheimlich geworden, sie schaute nicht mehr mit den Augen eines Kindes. Die Naivität des Augenblickes war verschwunden.

Ganz langsam schüttelte sie die vergangene Nacht ab. Rebekka ging ins Bad, um aus ihrem Traum wieder in die Realität zurückzufinden. Sie schaute in den Spiegel.

Da, sie glaubte etwas entdeckt zu haben. Kleine Blütenblätter blitzten kurz aus dem Rahmen hervor. Sie rieb sich ihre Augen, blinzelte ein paar Mal. Als sie wieder schaute, sah sie nur ihr Gesicht im Spiegel.

Es waren wohl doch nur ihre aufgewühlten Nerven, die ihr einen Streich spielen wollten.

Nachdem sie sich ein wenig frisch gemacht hatte, kehrte sie in ihr Zimmer zurück. Ihr Handy lag noch immer von gestern Abend auf ihrem Kopfkissen. Sie steckte es in ihre Jeanstasche und ging leise die Treppe hinunter, um an das Telefon zu gelangen.

Rebekka wollte dem Stress der vergangenen Tage aus dem Weg gehen, also was bot sich da besser an, als dass sie zu ihrer Granny fuhr. Sie würde schon alles wieder geraderücken. Das tat sie immer.

Glücklicherweise war Grandma auch gleich am Telefon. „Granny, hallo hier ist Bekky, kann ich eine Weile zu dir kommen? Hier ist immer noch dicke Luft und es reicht mir so langsam."

Ihre Granny sog die Luft hörbar ein, lies sich aber nicht anmerken, dass sie nicht grad begeistert von der Nachricht ihrer Enkelin war. „Sicher kannst du zu mir kommen, soll ich dich abholen?"

„Ach nein, ich komme schon so klar.", erwiderte Rebekka. Sie brauchte ein wenig Abstand und die knapp 15 stündige Reise würde ihre Gedanken ein wenig beruhigen.

Nachdem sie am Telefon besprochen hatten, dass sie am Busbahnhof abgeholte werden wollte, einigten sie sich darauf das Rebekka, nachdem sie sich das OK ihrer Mum eingeholt hatte, mit dem nächsten Bus kommen sollte.

Die Reisetasche mit den wichtigsten Dingen wie, Zahnbürste und so, waren schnell gepackt. Sie lud sich ein Hörbuch aufs Handy, um gegen die die Langeweile der Reise gewappnet zu sein. Nachdem sie alles eingepackt hatte, ging sie in die Küche zu ihrer Mum, packte sich noch etwas zu essen und zu trinken ein.

Ihr Dad schlief noch aber das war auch besser so. Mum erzählte, dass er die halbe Nacht bis gegen drei Uhr in der Früh Diskussionen mit ihr geführt hatte. Nach drei Flaschen Wein fiel er dann ins Bett.

Mum hatte ihr Handgelenk verbunden und sah sehr mitgenommen aus.

„Mum", fragte Rebekka, "was hat er dir angetan?" Vorsichtig nahm sie die Hand ihrer Mum und wickelte den Verband ab.

Sie schaute sich die Hand vorsichtig an und bemerkte eine bläuliche Verfärbung am Handknöchel, es sah so aus, als ob Fingerabdrücke darauf zu sehen waren.

„Er wollte mich nur festhalten, es war meine Schuld, ich hätte ihn nicht reizen dürfen" meinte ihre Mum.

Rebecca schaute sie an und zog eine Augenbraue hoch,

„Nein Mum", sagte sie", du darfst nicht immer dir die Schuld dafür geben."

Traurig seufzend hob ihre Mum die Schultern hoch und ließ sie wieder fallen.

„Komm Bekky ich fahr dich jetzt zum Bahnhof. Dass was hier mit deinem Vater ist, soll meine Sache sein. Mach du dir bitte ein paar schöne Tage und denk nicht so viel an, was wäre wenn. Dein Vater und ich haben schon so viel geschafft und er hat mir heute Nacht versprochen das er zum Arzt geht. Lass uns fahren, sonst verpasst du deinen Bus."

Sie versuchte ein leichtes Lächeln aufzusetzen, doch so ganz gelang es ihr nicht.

„Ja, du hast wahrscheinlich Recht aber es gefällt mir nicht wie er dich behandelt, lass uns fahren oder geht es mit deiner Hand nicht? Ich kann auch hierbleiben." Rebekka schaute sie besorgt an.

„Nein", meinte ihre Mum. „Du fährst zu Grandma. Sie weiß auch Bescheid und freut sich auf dich. Du kennst sie doch. Sie ist sehr bestimmend. Sonst kommt sie herunter und das brauche ich nun wirklich nicht." Mum nahm sich ihre Jacke, schaute Rebekka kurz an und ging zum Auto.

Rebekka schnappte sich ihre Tasche und lief ihr hinterher.

„Mum, was meinst du? Ich kann Dad ja von unterwegs aus anrufen. Dann kann er nicht mehr Nein sagen."

Dabei schaute sie ihre Mum vorsichtig grinsend im Auto an. „Ja ich denke, das ist in Ordnung so", erwiderte ihre Mum.

Die restliche Zeit bis zum Bahnhof verlief schweigend und jeder hing seinen Gedanken nach.

Als sie ankamen, nahm Rebekka ihre Mum noch einmal vorsichtig in den Arm und sagte: „Mum, wenn Irgendetwas sein sollte, melde dich bei mir und ich komme zurück."

„Mach dir keine Gedanken.", meinte ihre Mum, „Dein Vater hat mir versprochen zum Arzt zu gehen, du wirst sehen, das wird schon wieder werden, nun hopp der Bus wartet nicht auf dich."

Sie umarmten sich noch mal und Rebekka stieg ein. Aus dem Fenster winkte sie ihrer Mum zu bis der Bus in eine Kurve ging und sie nicht mehr zu sehen war.

Ein bisschen Abwechslung würde ihr guttun. Die Strecke von New Rossingten nach Blackwood mit dem Bus und dem mindestens zweimaligen Umsteigen zog sich in die Länge.

Sie nahm ihr Smartphone zu Hand, zappte zum Hörbuch und schlummerte sogar kurzfristig ein.

Das Umsteigen ging flott vonstatten, raus aus dem einen Bus und rein in den Anderen.

Schon als kleines Kind war sie viele Male bei ihrer Grandma gewesen.

Als ihre Trauer um Steven nicht mehr auszuhalten war und die Erinnerungen zu stark zu Hause waren, half ihre Granny das zu verarbeiten.

Granny ging mit ihr zu Psychologen und kümmerte sich um sie. Jede freie Zeit, die sie hatte, verbrachte sie bei ihrer Granny. Dort lernte sie auch, wie sie ihren Geist beruhigen konnte,

Granny brachte ihr Yoga bei. Am Anfang empfand sie es als langweilig, weil sie sich bisher noch nie für Sport interessiert hatte. Doch mit der Zeit machte es ihr Spaß.

Granny zeigte ihr, wie man mit einfachen Atemübungen zu Ruhe kommen konnte. Lehrte ihr das in der Stille die Kraft lag und zeigte ihr, wie sie ihren Körper geschmeidig bekam.

Ihre Granny holte Rebekka mit ihrem Auto ab, einem Mini, der schon einige Jahre auf dem Buckel hatte. Doch sie liebte dieses Auto. Sie nannte ihn immer liebevoll ihren roten Blitz. Ja, knallrot war er und der Innenraum war in Weiß gehalten. Sogar weiß-rote Stoffbezüge waren vorhanden und um das Lenkrad herum war eine weiße Kunstlederhaut gezogen.

Emma, eine kleine verrückte Jack Russel Dame sprang Rebekka sofort auf den Arm. Sie war grad mal drei Jahre alt und eine ganz quirlige Hündin.

Rebekkas Granny hatte sie von Hand aufgezogen und sie benahm sich auch dementsprechend, sie musste immer im Mittelpunkt stehen. Doch bevor es losging, wurde die kleine Hündin wieder auf den Rücksitz verfrachtet und dort mit einer Halterung angeleint, die extra für Hunde war. Auf dem Rücksitz lag extra eine Decke, auf der sich Emma auch ganz brav Draufsetzen ließ.

Während der Fahrt über die Dörfer erzählte Rebekka was zu Hause vorgefallen war, dass sie es nicht mehr ertragen konnte wie ihr Vater und ihre Mutter miteinander umgingen und auch von ihrem letzten Traum.

Da erinnerte sich Rebekka auch wieder. Die Träume, sie kamen hier. Hier bei ihrer Granny; langsam lichtete sich der Schleier des Nichtwissens und die Angst krallte sich in ihr Herz.

Kapitel 3 Skorbental

„Ihr müsst vorsichtiger sein, wie oft habe ich euch das schon erzählt. Die Menschen können mit unserem Wissen noch nicht umgehen. Sie glauben nur an das, was sie Sehen, Hören oder denken!

Wenn ihr in die Träume der Menschen geht, versucht eure Wege als ihre Wege zu verschlüsseln."

Kelia, die Elfe mit ihren meergrünen Augen, sprach diese Worte sehr ernst und bestimmend aus, schließlich war sie es doch auch die eine große Verantwortung zu tragen hatte.

„Ich verstehe Dich nicht, Rebekka kennt uns doch. Sie war es doch die ihre Träume wieder zu uns geschickt hatte", meinte Flux, der seine große ständig tropfende Nase immer überall hineinstecken musste.

Goldor, der die liebgemeinte aber unaufgeforderte Einmischung mit einer hochgezogenen Augenbraue verfolgt hatte, meinte: "Wir wissen jetzt, dass Rebekka alles vergessen hat, oder dem Vergessen der Zeit erlegen ist. Also müssen wir uns langsam an sie herantasten. Wir müssen vorsichtig sein, das ist schon richtig. Doch wenn sie uns nicht hilft, sind wir verloren. Wir müssen sie warnen, ihr helfen und sie muss uns helfen. Mit Skorb ist nicht zu spaßen. Er besitzt fast unsere Welt und bald auch Rebekkas Welt. Vielleicht kam er schon nach drüben, wir müssen den Zeittunnel finden bevor es zu spät ist."

Goldor strich Zierses über seinen Rücken und mit einer fast schon resignierenden Handbewegung drehte er sich um.

Die beiden lila farbenen Sonnen gingen langsam auf. Es war wirklich eine traumhafte Landschaft. Über dem Tal lag der goldfarbene Morgennebel.

Außerhalb des Tales hatte man eine Ahnung von weiß-goldenen Bergen und ganz weit hinten sah man silberfarbene Gebilde. Doch kaum sah man hin verflüchtigten sie sich wieder. Eine Art von Baumgebilde warfen ihre Schatten auf den Boden.

In ganz weiter Ferne sah man einen Turm, der pastellartige Fäden um sich herumhatte, es waren nur kleine Momenterscheinungen; mal da, Mal weg.

Kleine Zwirbelinge wirbelten über den See. Das honigfarbene Wasser wogte hin und her. Das pastellfarbene Gras wiegte sich im Wind der Zeit.

Nur wie lange war noch Zeit?

Die vier hatten nicht mehr alle Zeit der Welt. Sie mussten es jetzt tun bevor es zu spät war. Rebekka würde es verstehen.

Sie stellten sich im Kreis auf.,erst kam Kelia mit Zierses, dann Goldor und Flux.

Nacheinander reichten sie sich ihre Hände und stimmten den Gesang der Ewigkeit an.

Ein Raunen ging durch die Luft und der Himmel sprühte regenbogenfarbene Punkte. Um sie herum baute sich eine unsichtbare Wand auf. Es sah aus, als wären Wassertropfen mitten aus dem

Nichts aufgetaucht. Es summte, als würden tausende von Bienen in ihrem Nest sein.

Goldor und Kelia vereinigten Ihren Geist, um Rebekka zu erreichen. Ihre Seelen verschmolzen miteinander.

Sie wussten welchen Gefahren sie sich damit aussetzten doch sie hatten keine andere Wahl.

Außerdem waren da noch Flux und Zierses die sie vor Gefahren schützen konnten.

Die Momente entschwanden in Sekunden und es schien, als würde es Stunden dauern. Plötzlich zerriss der Schrei eines Goldflatters die Stille; „Was war das?", fragte Kelia, nachdem sie aus der medialen Trance erwacht war.

„Goldor schau dort hinter den Bäumen ich habe es gesehen, der Traumdieb ist dort. Hoffentlich hat er es nicht geschafft mit auf die Reise zwischen Zeit und Raum zu gehen."

Skorbental

Kapitel 4 Geborgenheit

„Hallo Bekky, gut geschlafen? Du hast geschnarcht wie ein Murmeltier, jetzt setz dich erst einmal und iss ordentlich. Du bist viel zu dünn", sagte ihre Granny

"Na ja, kein Wunder, wenn ich denke, was so in den letzten Tagen alles passiert ist."

Ihre Granny schaute Rebekka ein wenig vorwurfsvoll an, nicht aufgrund dessen, weil Sie böse auf sie war, sondern weil sie ganz genau das wusste das Bekky, wenn der Stress am größten war, nicht mehr vernünftig aß.

„Ach Granny, Du weißt doch das mir die Sachen mit Mum und Dad immer auf den Magen schlagen", erwiderte Rebekka auf die Blicke ihrer Granny.

Trotzdem langte Rebekka tüchtig zu. Die selbst gemachte Himbeermarmelade auf einem knusprigen Hörnchen schmeckte ihr aber auch gut, und ließ sie für den Moment alles vergessen.

Alles um sie herum strahlt Geborgenheit aus. Ihre Gedanken schweifen ab. Wie war das heute Nacht; wer wollte in ihre Träume; was war wieder los?

Als sie zehn Jahre alt war, lebte sie eine Zeit lang bei ihrer Granny.

"Aber es war doch nur ein Traum, der ihr dort wieder fahren war, oder?", murmelte Rebekka lautlos vor sich hin.

Noch einmal gingen ihre Gedanken zurück. An viel konnte sie sich nicht erinnern.

Doch da war ein kleiner Gnom mit ständig tropfender Nase. Wie hieß er noch gleich? Verschwommen, kamen Namen in ihr hoch.

Flux, Goldor, Kelia und Zierses alle waren wieder da, sie hatte es nicht geträumt, auch damals nicht. Kurz bevor sie zu ihrer Granny fuhr, hatte sie diesen Traum vorgestern zu Hause. Durch den ganzen Stress hatte sie ihn wieder vergessen.

Es kam ihr alles so unwirklich vor aber sie wusste, dass es wirklich war.

Sie hätte all die Jahre nicht zu einem Psychologen gehen müssen. Es stimmte, Sie war nie verrückt gewesen.

Nun kamen auch die Erinnerungen hoch von dem schwarzen Etwas, das sie all die Jahre verdrängt hatte.

Kapitel 5 Der Dreamcatcher

Er schleicht sich in die Träume der Kinder ein und nimmt sie mit, in sein Land irgendwo, und wenn er sie mitgenommen hat, nimmt er ihr die positiven Energien und verwandelt sie in Albträume. Kinder verschwanden und tauchten nicht wieder auf.

Auch Steven verschwand, es war damals eine so furchtbare Zeit. Rebekka hatte es fast vergessen; nein, sie hatte nicht Steven vergessen, sondern die Qualen verdrängt.

Das lag auch daran das sie sehr lange Pillen gegen das Erinnern nehmen musste. Sie wurden ihr von ihrem Psychiater verschrieben und ihre Granny meinte, dass sie ihr helfen würden um wieder schlafen zu können. Schlafen konnte sie auch wieder, aber Träume hatte sie nicht mehr. Nach und nach nahm sie immer weniger von den Tabletten und nun fingen die Träume wieder an.

Ihren Bruder konnte sie damals nicht retten, man sagte ihr, er wäre unauffindbar das würde passieren. Alle hatten ihn gesucht, die Polizei, Medien und überregionale Aufrufe wurden gestartet. Niemand hatte Steven damals gesehen. Nichts wurde von ihm gefunden, bis auf den kleinen Stoffelefanten, den er immer mit ins Bett nahm und auch sonst überall mit sich herumtrug. Doch es gab keine Spur von ihm.

Steven war zu diesem Zeitpunkt fünf Jahre alt. Fünf Jahre war es jetzt her, doch Rebekka kommt es vor, als wäre es erst gestern gewesen.

Fing jetzt die alte Geschichte wieder an? Nein es durfte nicht sein; all das, was sie all die Jahre verdrängt hatte, kam wieder hoch.

Ihre Gefühle schienen mit ihr Achterbahn fahren zu wollen. Rebekka gab sich noch einmal den grauenhaften Momenten hin dem sie so viele Jahre versucht hatte zu entfliehen.

Es war ein Morgen wie jeder andere auch. Der Wecker rasselte und Rebekka war mit einem Ruck aus dem Bett. Da hörte sie ihre Mum rufen. Schnell schnappte sie sich ihren Bademantel und rannte zu ihr.

"Wo ist er?" Ihre Mum war sehr aufgeregt ihre Augen waren noch ganz verquollen vom nächtlichem Schlaf. Rebekka schaute sie mit großen Augen an, verstehen konnte sie den Ausruf nicht. "Wer?", fragte sie.

Ihre Mum erwiderte: „Wo ist Steven? Bekky, er ist nicht in seinem Zimmer, ich habe ihn überall gesucht, schau du bitte oben im Spielzimmer nach, vielleicht ist er dort. Da war ich bisher noch nicht."

Rebekka rannte die Treppe hinauf und öffnete die Tür des Zimmers, lies ihren Blick durch den Raum schweifen und schaute sogar unters Bett und in den Schrank, wo all die Spielsachen aufgeschichtet standen. Aber nirgendwo konnte sie ihn finden.

Sie rannte wieder runter und rief ihrer Mum zu: „Da ist er nicht. Mum, der Garten, der Teich. „Ihre Mum schaute sie verwirrt an und stolperte los.

Rebekka rannte in ihrem Schlafanzug die Treppe hinunter. Sie stolperte, fiel hin, rappelte sich wieder auf und warf dabei noch die Blumenvase um, die auf dem Tisch im Wohnzimmer stand. Es gab ein großes Gepolter und die Scherben spritzten nach allen Seiten. Ihre Mum folgte ihr.

"Autsch", schrie ihre Mum, die in eine Glasscherbe hineinge-treten war. Doch Rebekka war das egal.

Sie riss die Terrassentür auf und rief: „Stevie, Steven wo bist Du?" Sie lief in den Garten, rannte auf den Teich zu und stolperte wieder. Ihre Beine wollten ihr nicht mehr gehorchen. Die Angst kroch ihr in alle Glieder.

Rebekka legte sich vor das Gewässer auf den Bauch. Der Boden war lehmig und eiskalt, aber sie merkte es nicht. Die Sorge um Ihren Bruder war zu groß.

Im Hintergrund hörte sie ihre Mum weinen. Immer wieder murmelte sie von Kerzen, von Salbei. Ihr Schluchzen ging Rebecca sehr nah.

Sie sah ihre Mum an und sagte: „Mum, was redest du da? Was soll ich holen?" Ihre Nerven waren bis zum Zerreißen gespannt.

Sie versuchte ihre Mum in den Arm zu nehmen, doch sie stieß sie von sich. Das Gebrabbel und Weinen ging in ein Wimmern über. Ihre Mum ließ sich auf den Boden fallen und saß dort geistig abwesend.

Rebekka rannte schnell zum Haus und versuchte ihren Vater zu erreichen, doch er ging nicht an sein Handy.

Sie hinterließ ihm eine dringende Nachricht und hoffte, dass er sie vor der Arbeit abhören würde.

Nun rannte sie wieder zu ihrer Mum herunter die mit einem Stock, wie von Sinnen im Teich herumstocherte und dabei weinte.

„Stevie bitte Stevie", rief ihre Mum. Rebecca versuchte ihr zu helfen, indem sie mit bloßen Händen den Teich durchwühlte, ihre Hände wurden furchtbar kalt und es bildete sich schwarzer Schleim unter ihren Fingern. Sie konnte nicht bis zur Mitte vordringen, der Teich war zu groß.

Nach einer guten halben Stunde nach dem sie jede Ecke durchsucht hatten und ihre Mum sagte: „Bekky hör auf er ist nicht im Teich und ich habe jeden Winkel des Gartens durchkämmt.", meinte Rebecca weinend: „Mum, wo ist er dann?"

Sie hatten alles damals in Bewegung gesetzt, doch er kam nicht wieder.

Dann kamen die Träume. Rebecca fing an von Steven zu Träumen. Er rief sie und sie sah scheußliche Kreaturen. Ihre Träume waren seine Träume.

Er wollte ihr etwas mitteilen, doch sie konnte ihn nur schlecht verstehen. Doch Eines blieb ihr im Gedächtnis haften; all die Jahre; dieses Flehen: „Bekky hilf mir, der Dreamcatcher, er will meine Träume. Er will meine guten Erinnerungen. Bitte glaub mir, es ist wahr. Die Kinder und ich brauchen deine Hilfe. Ich lebe!"

Über Jahre schleppten ihre Eltern sie von einer Therapie zur nächsten, immer wieder erzählte sie dasselbe; von ihren Träumen, von der Angst.

Niemand hatte ihr damals geglaubt und irgendwann glaubte sie es selber auch nicht mehr.

Rebekka schüttelte langsam ihre Gedanken ab und kehrte in die Realität zurück. Vielleicht war es doch noch nicht zu spät? Vielleicht waren es nicht nur Hirngespinste?

Der **Dreamcatcher**

Kapitel 6 ???

„Bitte, bitte lasst mich gehen.", wimmerte der Kleinere der beiden Kinder.

Doch das schwarze etwas das den Kleinen in seinen Klauen hielt, zeigte kein Erbarmen.

Er sog die Lebenskraft aus ihm heraus bis nur noch ein Funken Seelenlicht vorhanden war.

Seine schwarzen Klauenhände hielten den schmalen Körper umschlungen.

So schnell wie er kam, war er auch wieder verschwunden. Wer war das? Es war der Dreamcatcher.

Mit seinem langen schwarzen Haar gelbe Augen und einer Größe, die die Größe der meisten Menschen überschreitet, war er ungeheuerlich anzuschauen.

„Tom wie geht es Dir?", fragte Steven mit weinender Stimme. „Lass es nicht zu das er dich mitnimmt."

Steven legte seinen Freund auf dem klobigen übelriechenden Felsen, nahm seinen Kopf auf seinen Schoß und versuchte sich im Gesang der Ewigkeit.

Es dauerte unsagbar lange, bis eine Reaktion kam. In Stevens Kopf formten sich Bilder und plötzlich sah er sie: „Kelia hilf mir, er hat es wieder getan er wird immer stärker ich komm nicht mehr gegen ihn an."

Kelia rief ihm zu: „Steven, bitte sei stark wir helfen dir, du musst deinen Geist jetzt mit unserem Vereinigen! Nimm Tom an den Händen an und glaube!"

Steven vereinigte seine Seele mit der von Tom, versuchte sich im Gesang der Ewigkeit, schleuderte stakkato mäßig Energiewellen aus und gewann.

Es dauerte noch qualvolle Minuten, bis Tom wieder zu sich kam und erleichtert sagte: „Steven du hast mich wieder gerettet, danke."

Steven war völlig erschöpft, doch trotz Allem zwang er sich ein zuversichtliches Lächeln auf sein Gesicht zu zaubern und er erwiderte: „Schon gut Tom, schon gut."

Seine innersten Gefühle wollte er dann doch für sich behalten. Was ist, wenn er wiederkäme?

Celina war verschwunden; Meredith, er fand ihre leblose Hülle an den immer brüllenden Wasserfällen. So konnte es nicht weitergehen er wollte nicht mehr.

„Tom, komm lass uns gehen. Er kommt nicht mehr wieder, er hat wieder Lebenskraft. Drei Trigmanen lässt er uns jetzt in Ruhe.", murmelte Steven und dann plötzlich, meinte er: „Wir brauchen einen Plan."

Tom, der auf diesen Satz schon so lange gewartet hatte, rief: „Steven lass es uns versuchen, wir müssen deine Schwester informieren sie muss herkommen. Aber wie stellen wir das bloß an?"

Übereifrig sprudelte es aus Tom heraus: „Du, ich kann schon ein bisschen den Gesang der Ewigkeit. Ich habe dir immer zugehört. Du kannst mit mir üben. Ich pass auch auf. Es geht bestimmt."

Steven, der eigentlich viel zu müde war, musste nach dieser ausschweifenden Erklärung seinerseits Tom nun doch zu schmunzeln und sagte: „Nun bleib mal ganz ruhig, wir werden es versuchen, doch jetzt müssen wir uns ausruhen."

Nachdem sie eine Weile gegangen waren, kamen sie an ein Waldstück mit merkwürdig gekrümmten Bäumen.

Die Blätter hatten die Form von Bananenstauden doch fühlten sie sich an wie Leinen. Ihre Farbe war ein sehr dunkles Grau-Rot. Davon gab es unzählige es waren die einzigen Bäume in diesem unwirtlichen Land.

Sven schob einige der Blätterstauden zur Seite und eine kleine Höhle kam zum Vorschein.

„Bitte Tom leg dich hin" und Steven deutete auf einen Blätterhaufen, der in einer Ecke lag.

Die Höhle roch modrig, es war dort kalt und feucht. Tom, der jetzt doch an seine Grenze der Belastbarkeit gestoßen war, murmelte nur noch. Lis sich auf den Blätterhaufen fallen und schlief sofort ein.

Steven hingegen versuchte sich auf die Dinge zu konzentrieren, die für ihn wichtig waren die für ihn wichtig waren.

Seine Eltern, seine Schwester. Er durfte nicht zu lange daran denken. Er, der Dreamcatcher, würde es sonst merken, all die guten Gedanken hatte er Steven schon gestohlen.

Kapitel 7 Skorb

Kelia war in tiefer Trance versunken als sich ein Traumblitz in ihre Gedanken schlich. Sie sah Steven der versuchte Kontakt herzustellen: „Steven", schrie Kelia „Halte deine Träume, ich bin bei dir."

Steven schaute sich um und bemerkte eine schemenhafte Gestalt. „Kelia bist du es?" Verwundert schaute er dort hin. Das war ihm noch nie passiert. Er hatte doch nur an seine Eltern gedacht.

„Kelia wie geht das auf einmal. Egal, Rebekka muss kommen, sonst ist es zu spät."

Kelia, die all die Jahre gedanklichen Kontakt zu Steven halten konnte, schaute etwas verwundert, war aber sofort wieder Herr der Lage.

„Steven, kannst du mich hören?" Ihre Stimme kam sehr verzehrt herüber. „Ich werde es versuchen, du musst Skorb ablenken geh auf den höchsten Felsen und warte dort auf uns. Ich melde mich wenn Du losmusst, wenn es so weit ist."

Als das letzte Wort durch Steven ausgesprochen war, zerriss das Band zwischen ihnen.

Kelia erhob sich von ihrer bettähnlichen Liege, die mit perlmutt-farbigem Samt ausgeschlagen war.

Sie lief hinüber in ein kathedralgroßes Gewölbe, dass im Glanz der untergehenden lilafarbenen Sonne aufgrund dessen der vom Boden bis zur Decke reichenden regenbogenfarbigen Fenster in einem unwirklichen Licht getaucht war.

In der Mitte stand eine Mauer die entfernt an einen Brunnen aus unserer Welt erinnerte. Darin war eine Skulptur, die von pastellfarbenen Fäden gehalten wurde. Sie hatte die Ähnlichkeit mit einem engelsgleichen Wesen.

Nur dort wo eigentlich das Herz sitzen sollte war ein großer schwarzer Stein.

Der Boden war aus silbrig farbigem Marmor, und an der Wand, die aus grobem Felsen gehauen war, hingen Bilder längst vergangener Träume.

In einer Ecke stand ein Tisch und Stühle, wo Kelia jetzt drauf zu steuerte.

Ihre Freunde hatten sich dort versammelt. „Goldor, Zierses, Flux, ich muss mit euch sprechen", sagte Kelia und setzte sich auf den noch freien Platz am Kopf des Tisches.

„Steven hat zu mir Kontakt aufgenommen, wir müssen jetzt etwas Unternehmen. Rebekka muss kommen. Goldor, du machst dich am besten sofort bereit.

Flux hole bitte die Traumelfen und sage ihnen, dass es so weit ist und sie sollen sich bereit machen in die Träume der guten Menschen zu huschen."

„Kelia", bemerkte Flux, „sie haben Angst. Du weißt doch was damals geschah. Keiner möchte mehr helfen und die Menschen am allerwenigsten. Sie glauben nicht mehr an uns. Doch ich werde mein Bestes geben, und mache mich auf den Weg.", versprach Flux mit Besorgnis. Ein leichtes Zittern in seiner Stimme war nicht zu überhören.

Kelia drehte ihren Kopf zu Goldor und sprach: „Goldor, wir müssen Ihm das Herz wieder geben" und deutete damit auf die Statur in der Brunnenmitte. „Es wird ein Beschwerlicher Weg doch es geht um Steven und all die anderen Kinder, mach auch du dich bereit. Denn nur durch die Feder des Goldflatterers können wir das komplette Herz mit seiner Seele verbinden."

Skorb

Kapitel 8 Dunkelheit

Goldor ging den steinigen von Moos überwucherten Weg Richtung Westen. Seine Gedanken spielten ihm verschiedene Eindrücke in seinen Kopf.

Dort vorne an der Ecke war das nicht ein Dunkelsassa? Wo kam er her was wollte er?

Mit ausgreifenden Schritten lief er in die Richtung, schob einen Strauch zur Seite und erschrak fürchterlich, als etwas in seinen Arm sprang.

"Zierses was machst du denn hier? Bist Du von allen guten Geistern verlassen, mir so einen Schrecken einzujagen?"

Zierses schaute verstohlen zu Boden. "Ich wollte mit, um Dir zu helfen. Ich habe die Kraft der Verwandlung; alle Kinder alle lieben kleine Tiere, ich habe es schon mal geschafft."

„Na, gut", antwortete Goldor, „dann komm lass uns keine Zeit verlieren eine Trigmane ist fast um und wir brauchen noch eine Feder des Goldflatters."

Nachdem das Wesentliche geklärt war, setzten beide Ihren Weg fort.

Das Gelände was sich vor ihren Füßen auftat erinnerte ein wenig an eine weiße ebene Fläche. Doch bei näherer Betrachtung sah man die schwärzeste Dunkelheit, die rissartig aus ihr hervortraten.

Jeder Riss war ungefähr Handbreit, in dem Spalt waberte eine schleimige grün gelbe Masse. Kleine Spritzer platschten rechts und links zu Boden.

Es zischte und auch, dort wo die Blasen auf den Boden auf-
sprangen, öffnete sich ein Abgrund. Es war sehr gefährlich. Ein
falscher Tritt und das unsagbare Böse würde sie verschlingen. Daran erkannte man, wie es um diese Welt bestellt war.

„Zierses, pass auf dort vor deinem Fuß der Riss wird größer!",
ermahnte Goldor.

In Windeseile hastete Goldor auf Zierses zu und erwischte Ihn
eben noch am Kragen.

Zierses gab ein klägliches Jaulen von sich. Er war mit der linken
Tatze hängen geblieben.

"Goldor nein; bitte lass mich los, ich merke, wie meine Energie
schwindet. Es ist aus. Du musst es alleine schaffen. Du hast keine
Zeit dich mit mir aufzuhalten. Denk an die Kinder, an Rebekka
und Steven.

Es ist so wie es ist richtig. Ich hätte nie mitgehen sollen. Nun ist es vorbestimmt." Dabei schaute Zierses verzweifelt in Goldors Augen. „Lass mich ich bin nur eine Last für dich."

Goldor der seinen alten Freund nicht im Stich lassen wollte hielt ihn immer noch im Nacken fest. Und widersprach ihm: „Du schaffst es glaub daran."

Er versuchte ihn zu retten, legte sich auf den Boden, schaufelte mit seiner Hand den schwarzen Schleim, doch sobald er ein bisschen davon rausgeschaufelt hatte, wurde der Sog immer stärker, es gelang ihm nicht.

Mehr und mehr musste er mit ansehen, wie die Lebenskraft seines Gefährten entschwand.

Zierses Fell wurde immer blasser nach schier endlosen Sekunden löste er sich unter den Augen von Goldor auf. Ein Büschel Fell hielt er noch in der Hand.

Zwei Stacheln hatten sich bei dem Versuch Zierses zu retten in seine Handinnenflächen gebohrt doch er nahm diesen Schmerz nicht wahr. Zu stark war der Seelenschmerz, der ihn grad überwältigte.

Goldor starrte in den Himmel und schrie seine grenzenlose Traurigkeit heraus. Sein ganzer Körper zitterte, er konnte sich für einen Moment nicht auf den Beinen halten und fiel auf seine Knie, krampfhaft hielt er das kleine Büschel Fell in seiner Hand.

„Ich gebe mich nicht geschlagen", sagte er mit flüsternder Stimme: „Ich komme wieder, ich werde dich nicht alleine lassen."

Immer wieder schaute er auf das Fellbüschel, als ob er Zierses dadurch zurückholen könnte und streichelte sanft mit seinen Fingern darüber.

Es war für ihn unfassbar, dass so etwas passieren konnte. Die Zeit drängte und er musste weiter, auch wenn es ihm das Herz zerriss.

Schwermütig machte er sich auf den Weg, um die Feder des Goldflatters zu finden.

Vorsichtig umging er die schwarzen Risse und aus seinem dem linken Auge rollte eine Träne langsam die Wange herunter und tropfte auf den Boden.

Kapitel 9 Rebekka

„Steven, geht es dir gut, da bist du ja endlich."

Rebekka hielt ihren kleinen Bruder schützend in den Armen. Plötzlich zerriss ein lauter Knall die Stille. Mit einem Ruck saß Rebekka in ihrem Bett. Ihr Herz raste und Schweißperlen standen auf ihrer Stirn.

„Was war das nun wieder", dachte sie sich. „Grad eben war ich doch bei Steven. Oh nein, es war nur ein Traum. Aber es war so echt, es fühlte sich so realistisch an."

Sie schlug ihre Bettdecke zurück und ging in die Küche.

„Hallo Granny, was machst du denn hier? Kannst du auch nicht schlafen?", fragte Rebekka. Ihre Granny saß am Küchentisch und hatte einen halb leer getrunkenen Becher Saft vor sich stehen. Die Uhr an der Wand zeigte 3:00 Uhr früh.

„Ich mache mir Sorgen um dich. Du hattest so gewimmert im Schlaf und als ich nach dir geschaut habe, hast du die ganze Zeit immer wieder Namen gemurmelt."

„Was habe ich denn gesagt? Ich kann mich kaum noch an den Traum erinnern.", flüstert Rebekka leise vor sich hin.

„Ach Bekky, du hattest von Goldor geredet und immer wieder nach Zierses gerufen und geweint, ich wollte dich schon wecken doch du bist dann ruhiger geworden."

Rebekka schaute ihre Granny mit großen schreckgeweiteten Augen an. „Goldor, Zierses? Oh nein; ich spüre das; es ist ihnen etwas passiert."

Ihre Granny schaute sie mit großen Augen an. Sie schluckte und schob sich mit einer gleichgültigen Handbewegung eine Strähne aus ihrem Gesicht.

„Bekky, ich muss mit dir reden.", sagte sie, „Ich dachte, ich hätte deine Erinnerungen tief genug in dein schlafendes Unterbewusstsein vergraben können, aber wie ich merke, bist du stärker, als ich dachte." Ein merkwürdiger fast boshafter Tonfall schwang in ihrer Stimme mit.

Rebekka riss die Augen weit auf und schaute zu ihrer Großmutter. Mit vorsichtiger Stimme die ein wenig krächzend klang fragte sie: „Was willst du mir damit sagen?"

Unkontrolliert fingen ihre Hände an zu zittern, dass was sie grad dachte versuchte sie wegzuwischen.

Ihre Grannny lächelte sie so merkwürdig an, ihr Liebreiz war aus dem Gesicht verschwunden, ihre Augen wechselten glühend ihre Farbe. Von einem Dunkelbraun veränderten sie sich zu einem Jadegrün.

Rebekka lief ein Schauer des Entsetzens über ihren Rücken und wich Dabei langsam zurück.

„Das hättest du dir wohl nicht gedacht?", säuselte ihre Granny ihr zu. „All die Jahre habe ich versucht meine wahre Identität geheim zu halten. Aber du hast ja nicht auf mich gehört. Du musstest dich ja in allem Einmischen. Du willst zu deinem Bruder? Du willst wissen, wo er ist?"

Tausend Gedanken gingen Rebekka durch den Kopf, immer wieder schaute sie ihre Granny an. Was sie sah, konnte sie nicht glauben. Es war nicht mehr ihre Granny.

Die Hände die sie als kleines Kind so geliebt hatte, formten sich zu Klauen. Ihre Nägel wurden zu schwarzen Krallen. Ihr Gesicht verzog sich eigenartig lang. Anstatt eines Mundes bildete sich eine fratzenähnliche, bis fast zum Haaransatz reichende grotesk anzusehende Öffnung und man konnte in den schwarzen Schlund schauen.

Übelriechender Gestank verbreitete sich in der Küche aus. Der ganze Körper ihrer Großmutter schüttelte sich wie in Qualen. Nach einer schier endlosen Schrecksekunde nahm Rebekka noch etwas anderes wahr.

Etwas zog an ihre Leggins, immer und immer wieder. Sie schaute an sich herab und sah Emma, die versuchte sie wegzuzerren.

Ihre Granny oder was einmal ihre Granny war, stutzte kurz und kam dann aber mit merkwürdig schlurfenden Schritten auf Rebekka und Emma zu. Es holte aus und versuchte Emma zu treten.

Rebekka schrie: „Granny was ist los, lass Emma in Ruhe!"

Dieses Wesen reagierte nicht; ihre Wut war rasend und versuchte mit ihren Klauen nach Rebekka und Emma zu greifen. Beinahe hatte sie es auch geschafft, doch da erwachte Rebekka aus ihrer Starre, riss Emma hoch und rannte zur Tür.

Dieses Wesen welches ihre Granny einmal war, stolperte schlurfend hinter ihr her.

Rebekka rannte aus der Küche, durch den Flur und versuchte aus dem Haus zu gelangen. Oh nein; sie bekam die Tür nicht auf. Sie war verschlossen.

Kurz bevor das Wesen sie ergreifen konnte, drehte Rebekka sich auf dem Absatz um und sprang mit großen Schritten die Treppe hoch. Sie rannte in ihr Zimmer und verbarrikadierte dort mit einem Stuhl die Tür. Völlig außer Atem ließ sie Emma zu Boden gleiten. „Was nun?", fragte sie sich. Die einzige Möglichkeit war das Fenster.

Schnell schlüpfte sie in ihre Turnschuhe, schnappte sich ihren Rucksack, setzte Emma hinein und riss das Fenster auf. „Was war mit ihrer Welt geschehen?", dachte sie sich.

Draußen war alles in einem merkwürdig wabernden lilafarbenen Licht getaucht.

Sie hockte auf dem schräg gestellten Dach und aus dem Zimmer hörte sie kratzende Geräusche, sie kamen von der Tür. Rebekka hatte keine andere Möglichkeit, sie musste springen. Sie nahm all ihren noch vorhandenen Mut zusammen und sprang.

Kapitel 10 Skorb=>ES

Goldor ging wie in Trance weiter, den Büschel Fell hielt er fest in seiner rechten Faust umklammert. Er achtete kaum auf die Umgebung.

Die Landschaft wechselte von einem sumpfähnlichen Gebiet, das nach faulen Eiern und anderen üblen Gerüchen stank, zu einer nahezu magisch anmutenden Gegend.

Er schaute auf und sah eine spiegelglatte Ebene vorsichtig ging er weiter und dort wo eigentlich Wege ins Andersland führen sollte. Aber da war nichts mehr, einfach nichts.

Kein Baum kein Strauch, links und rechts von ihm nichts. Die Abstände zu diesem Nichts betrugen einige wenige Meter.

Dazwischen waren eigentümlich anzuschauende Baumgebilde. Er streckte seine Hand aus. Sie fühlten sich eiskalt an und sobald er sie berührte, erklang ein glockenheller Klang und das Gebilde zersprang in tausend Teile. Dort wo die Teile landeten, wuchs ein neuer Baum-Strauch heran.

Vorsichtig umging er die Baumgebilde, immer in der Versuchung nichts zu berühren.

Doch er fühlte sich nach der Berührung so leicht, so erfrischt.

Alles war nicht mehr schwer, alles war vergessen. Als er an einem phosphoreszierenden Baumgebilde angelangt war, sah er in der kristallinen unwirklichen Glitzerwelt etwas, dass sich aus dem zerspringenden Geäst herausbildete.

Seine Sinne spielten ihm wohl Streiche. Was war es was zu seinen Füßen wuchs? Erst formte sich hochkant eine glatte Fläche. Sie sah aus, als wäre dort Wasser eingeschlossen. Nach und nach verfestigte sich das Wasser und die Oberfläche nahm eine purpurne Farbe an.

Kapitel 11 Kelia

Nachdem Kelia sich von Goldor und all den anderen verabschiedet hatte, widmete sie sich wieder der Statue.

Als sie mit den Bannsprüchen anfing, legte sich Flux auf eine nahegelegene Wiese, schüttelte sich noch ein paarmal, weil seine ständig tropfende Nase kitzelte, grub sich in die Erde und schlief beim angenehmen Klang von Kelias Stimme ein, bis er von Moss überwachsen war. Dadurch konnte er sich mit den Traumelfen in Verbindung setzen.

„Heradulesda…heradulesada…heradulesada…", murmelte sie. „Akedalesada… akedalesada…", die Statue verwandelte sich, ihre Energien wechselten in rasender Geschwindigkeit.

„Heradulesda…heradulesada…akedalesada…akedalesade", Kelia schrie den Bannspruch heraus.

Die Luft schwirrte um Kelia herum. Kleine pastellfarbene Flocken wirbelten durch die Luft. Überall dort wo sie auf dem Boden aufkamen, zerstoben sie in Tausende von Kristallen.

Es war ein Summen und Surren zu hören; schwoll an und wurde leiser; schwoll an und wurde leiser, immer und immer wieder.

Kelia`s Stimme rief immer wieder die Worte: „Heradulesda… heradulesada…", die Statue bäumte sich darunter auf. Fast konnte man meinen, dass sie lebendig würde.

„Heradulesda…heradulesada…akedalesada…akedalesade",

Kelia hob ihre Arme hoch in die Luft. Wirbelte einige Male um ihr eigene Achse und schleuderte dann stakkato-förmig phosphorfarbene Blitze in Richtung Statue.

Mit einem ohrenbetäubenden Knall zerbarst die engelsgleiche Figur und aus ihr heraus flog ein schwarzer Stein.

Kelia fing ihn grad noch auf bevor er auf dem Boden zerschellen konnte.

Bei der ersten Berührung verwandelte sich das schwarze Etwas in ein pulsierendes Herz. Winzige Narben liefen kreuz und quer übereinander.

Kelia, die am Ende ihrer Kräfte war, kauerte mit ihm auf dem Boden und Tränen liefen ihr die Wange herunter.

Es war zu spät, es war zu zernarbt, die Wunden des Hasses lagen zu tief im Inneren.

Immer und immer wieder schaute sie auf den zerklüfteten fleischigen Klops herunter.

Sie wiegte es in ihrer Hand, als wäre es ein zu früh geborenes Baby.

Verzweiflung stieg in ihr hoch, eine nie gekannte Traurigkeit überkam sie.

Sie drückt und wiegte es, nun war es aber doch an der Zeit loszulassen. Sie hatte versagt.

Mit einer letzten Kraftanstrengung legte sie das Herz auf dem Boden ab und grub eine kleine Kuhle.

Sie legte es sanft hinein und verharrte weinend darüber, aber überall dort wo die Tränen das Herz berührten, verschwanden die Narben und neues Fleisch wurde gebildet.

Behutsam nahm sie es wieder in ihre Hände, stand auf und ging mit ihm zur Statue oder zu dem, was davon übriggeblieben war.

Überall sah sie versteinerte Teile liegen, ein kleines Stückchen hob sie davon auf, in der linken Hand hielt sie das nun pochende Herz. Nun drückte sie das Stück darauf.

Es wurde zu einem filigranen Netz und schützte somit das pochende Herz.

Kelia ließ es in ihrem Umhang gleiten. Noch immer schwach und zitternd machte sie sich auf den Weg links von ihr, um in das Gewölbe hineinzugehen. Dort konnte sie versuchen mit Goldor Kontakt aufzunehmen.

Ihre Beine fühlten sich an, als wären sie aus weichem Lehm. Sie strauchelte und wäre beinahe gefallen. Doch sie wusste, dass sie schnell handeln musste.

Nach und nach kamen ihre Kräfte wieder. Ihr Blick schweifte über das pastellfarbene Gras, welches sich sanft im Wind wiegte.

Die kleinen mandelförmigen Schmetterlinge ließen sich von ihm treiben.

Kelias Schritte beschleunigten sich als sie die Kathedrale sah. Sie trat ein und ging zu dem Altar worauf ein ovaler Spiegel stand.

Neben dem Spiegel stand eine Kerze gemacht aus den Träumen der Kinder und sah aus wie ein lang gezogenes Herz.

Kelia tippte den Docht einmal kurz mit ihrem Zeigefinger an und er flammte auf.

Ein phosphoreszierendes blaues Licht verbreitete sich im kompletten Gewölbe. Das Spiegelglas nahm eine silberne Oberfläche an. Fast sah es so aus, als hätte man Quecksilber darauf geträufelt.

Kelia fing an leise Verse vor sich hin zu murmeln.

Die Oberfläche veränderte sich wieder und wieder. Mal war sie silbrig, dann wurde sie schwarz, um dann wieder silbrig zu werden.

Plötzlich erschien ein Bild darauf. Eiskristalle bildeten sich am Rand des Spiegels. Es schien, als würde der ganze Raum vor Kälte erstarren.

Kelia Schaute angestrengt auf die Oberfläche. Mit lauter Stimme rief sie einen Namen: „Goldor, kannst du mich hören? Goldor wo bist du?"

Der Spiegel wurde immer eisiger und kleine Risse bildeten sich an den Rändern.

Ein Rauschen und Surren war in der Luft zu hören,

Der Spiegel wölbte sich vor und zurück, immer und immer wieder. Es öffnete sich ein wirbelnder Tunnel.

Kelia versuchte mit alles Macht die sie besaß aus diesem Sog zu entkommen, doch der Wirbel zerrte an ihrem Körper.

Mit einem ohrenbetäubenden Knall zerbarst der Spiegel und kurz vor dem Bersten verschlang er Kelia.

Kapitel 12 Nichts

Weiße Nebelschwaden waberten um sie herum; unsichtbar im Sichtbaren; nicht erfassend was war und was ist. Wo war sie? Plötzlich hörte sie ein Geräusch, ein klägliches Winseln. Es war Emma. „Emma, komm her", rief sie. Rebekka kniete sich auf den nicht vorhandenen Boden.

Es waberte und wallte überall, die Luft roch nach vertrockneten Algen. Es fühlte sich an, als wäre sie in Watte eingetaucht. „Emma, komm hierhin.", lockte sie mit weicher Stimme und ihre Hände versuchten den Nebel zu durchdringen.

Etwas nasses Warmes leckte ihre Hand. Sie fuhr mit derselben über den Körper. Betastete das warme weiche Fell und nahm es auf den Arm.

„Da bist du ja. Na, da haben wir uns ja was Schönes eingebrockt", murmelte sie.

Nachdem Rebekka den ersten Schock überwunden hatte und sie Emma sicher in ihrem Arm wusste, sah sie sich genauer um. Nebel, nichts als Nebel; kleine Blitze zischten in Bruchteilen von Sekunden um sie herum.

Emma zappelte auf ihrem Arm: „Emma, lass dass", murmelte Rebekka. Doch Emma quictschte und windele sich weiter. Sie wurde immer wilder und die eben notdürftig umgebunde Leine, eigentlich war es nur die Kordel ihres Bademantels, verhedderte sich, sodass Rebekka den Irrwisch auf den nicht vorhandenen Boden setzen musste.

Emma hüpfte und bellte und verhedderte sich dabei in der Leine. Damit sie sich nicht strangulierte, musste sie die Kleine befreien. Kaum hatte sie es getan schon schoss sie durch die wabernde Wand davon.

„Emma", schrie Rebekka, „Emma bleib hier". Sie nahm all ihren Mut zusammen und rannte ihr hinterher. Mehr stolpernd als rennend, wild mit den Armen fuchtelnd, aus Angst vor einer unsichtbaren Barriere. Sie rannte und rannte, stolperte immer wieder über die eigenen Füße, raffte sich wieder auf, hastete weiter. „Emma… wo bist du?"

Leise hörte sie ein Winseln und Bellen. Mit letzter Kraft sprintete sie los, nahm noch einmal alle ihre Reserven, die sie hatte und prallte vor einen weißen Baum?

Es klirrte, als ob Kristall in tausend Scherben zerspringen würde. Rebekkas Arme legten sich schützend mit letzter Kraft vor ihr Gesicht. Sie hörte Emma nach wie vor jaulen aber nicht aus einer Verzweiflung heraus, sondern vor Freude.

Das war das Letzte, was Rebekka wahrnahm, danach versank sie in sie in eine unendliche bodenlose Schwärze.

Aus der Schwärze waberten purpurfarbene Schwaden auf sie zu, ganz leise doch dann immer lauter. Sie hörte ihren Namen, jemand rief sie.

Rebekka versuchte sich aufzurichten; ihre Augen zu öffnen; doch sie war zu schwach. Immer und immer wieder kroch das Schwarze in ihr hoch.

„Rebekka, Bekky, bleib hier, lass es nicht zu, dass es dich bekommt, kämpfe dagegen an.

Mit größter Anstrengung schaffte Rebekka es ihre Augen zu öffnen und was sie sah, ließen ihre Augen feucht werden. Ihr ganzer Körper wurde von ihrem Schluchzen durchgeschüttelt. Es waren Arme da, die sie umschlungen hielten. Sie wurde gewiegt wie ein kleines Kind, eine Hand streichelte immer wieder über ihren Kopf und warme beruhigende Worte wurden gemurmelt. Langsam, ganz langsam beruhigte Rebekka sich. Eine tröstende Umarmung, aber von wem? Rebekka versuchte sich hastig aufzusetzen, doch ihr Körper war so geschwächt, dass es ihr nicht gelang. Vorsichtig schaute sie auf und sah in die roten Augen von Goldor. Ihre Arme schlangen sich um seinen Nacken und mit einem tiefen Seufzer vergrub sie ihr Gesicht an seiner Schulter. Emma sprang um sie herum und ihr Körper wollte in dieser Position für immer verweilen. Doch Goldor löste vorsichtig ihre Arme und schob sie sanft ein Stück von sich weg.

Tränen liefen über ihr Gesicht. Mit einer zarten Handbewegung strich Goldor sie fort.

„Goldor, wie komme ich hierher?" Rebekkas Gesichtsausdruck zeigte ihre ganze Verwirrung. „Wir waren auf der Flucht, Emma und ich", stammelte sie. „Dieses Wesen, was auch immer es war, hätte uns beinahe erwischt. Zwischendurch stiegen Schluchzer in ihr hoch, doch Goldor streichelte sanft über ihre Hand und danach wurde sie ruhiger. „Was ist passiert?", fragte Rebekka.

Goldors Gesichtsausdruck wurde noch ernster. Er erklärte ihr die momentane Lage bis er zu dem Punkt kam wo Zierses im schwarzen Riss untergegangen war. Vorsichtig holte Goldor das Fellbüschel aus seiner Tasche. Zärtlich strich er drüber und Rebekka tat das Gleiche.

Trauer überwältigte beide. Emma schnüffelte vorsichtig am Fell, nahm es in ihre Schnauze, legte es dann auf den Boden und setzte sich daneben. Nahm ihren Kopf gen Himmel und ließ ein lang gezogenes Heulen los.

Der Himmel verdunkelte sich. Goldor und Rebekka schauten hoch. Außerhalb von Emma wirbelte und waberte es.

Das Stück Fell, welches vorher noch auf dem Boden lag, erhob sich in die Luft.

Aus dem Boden, der sich plötzlich wie ein Trichter formte, zuckten rote Blitze. Das Büschel wirbelte in einer nicht mehr wahrnehmbaren Geschwindigkeit herum.

Emma heulte noch einmal auf, zuckte plötzlich und brach dann zusammen. Es blitzte und krachte, als würde die Welt untergehen und mit einem letzten Bersten katapultierte etwas aus ihm heraus.

„Emma", schrie Rebekka. Sie rannte zu ihr, nahm ihren Kopf und schluchzte in ihr Fell. Zeitgleich sprang Goldor auf. Er sah, dass etwas mit voller Wucht auf ihn zugeflogen kam. Sprang aber noch rechtzeitig zu Seite.

Etwa wirbelte um ihn herum, etwas schleckte über sein Gesicht, etwas grummelte, brummelte und winselte.

Goldor traute seinen Augen nicht, dort stand er.

„Zierses, wie, wo, wie geht das?", stammelte Goldor. „Wie bist du hierhergekommen?"

Zierses der noch immer welpenenartige Luftsprünge vollbrachte, schüttelte mit seinem felligen Kopf und meinte: „Ich habe nichts gemacht, das war Emma."

Beide drehten sich zu Emma und Rebekka, die inzwischen auf einer wabernden purpurnen Fläche saßen und sich vor Lachen kringelten. Jede Träne aus dem Gesicht war blitzschnell getrocknet. Dann hielten sie plötzlich inne und hörten mit offenen Mund zu.

„Könnt ihr mir mal verraten, was ich verpasst habe?", fragte Goldor die Beiden.

„Goldor", sagte Rebekka, "du warst es der mir Emma zur Seite gestellt hat. Du hast aus einer Wunschelfe einen Hund gemacht und du hast es mich vergessen lassen. Hast du es auch vergessen?"

Goldor brummelte: „nö, ja, nun eigentlich."

„Schon gut", sagte Rebekka, „ich verzeih dir noch mal" und kniff ihm ein Auge zu.

Nichts

Kapitel 13 Warum

„Wo bist du? Wo bist du?" Ein schabend schnarrendes Geräusch hörte man hinter der Tür. Die Luft bebte und mit einem riesigen Knall zerbarst sie. Dort wo einst ein Zimmer war, tobte nun ein Wirbelsturm. Nichts blieb stehen; Regale flogen durch die Luft; Bücher wirbelten umher; die Gardine, oder das, was sie mal war, flog hin und her.

Granny, oder sagen wir lieber dieses hässliche unbekannte Wesen mit den türkisfarbenen Augen wütete wie ein Berserker. „ES" rollte mit seinen wabernden Augen nun sah „ES" das Fenster, rannte darauf zu und schoss mit voller Wucht heraus, knallte auf das Vordach. Mit einem grunzenden widerwärtigem Laut versuchte „ES" die Orientierung zu bekommen.

„Ah gut" dachte sich dieses Monstrum.

Mit dem Wissen von Granny sprang „ES" herunter auf den Parkplatz und rannte zum Auto. Da Granny nie ihr Auto abschloss und den Schlüssel stecken ließ, war es für „ES" ein leichtes das Gefährt in Gang zu setzen.

Granny schrie innerlich.

„Da werden wir der feinen Tochter erst einmal einen netten Besuch abstatten", sagte „ES" gedanklich.

„Nein", bettelte Granny, „nimm mich, nimm mich ganz mit, aber lass sie zufrieden." Das bösartige Wesen schnaufte und grummelte vor sich hin. In dieser Welt roch es so gut nach Hass, Habgier, Neid und Wollust. Um nichts würde sich diese Kreatur das entgehen lassen ein wenig davon mitzunehmen.

„Hilf mir den Wagen in Gang zu bekommen", grunzte „ES" innerlich.

Granny die momentan am Ende ihrer Kräfte war, übermittelte die Anweisungen. Nach ein paar Huckel und Ruckel hatte das grausame Wesen es geschafft das Auto in Gang zu bekommen. „ES" fuhr die Straße herunter, links rechts geradeaus bis es auf einen Zubringer zur Autobahn kam. „ES" sagte.

„Sag mir, wo ich hermuss, und hör auf deinen Geist zu verschließen. Du wirst keine Chance haben dich gegen mich zu wehren. Früher oder später wird dein Geist in meinem Geist hinübergleiten und ich werde deinen Körper komplett übernehmen. Also sträube dich nicht so."

„Niemals, lieber sterbe ich hier mit dir", murmelte Granny, „Geh aus meinen Gedanken, geh aus meinem Körper."

Ihre Gedanken murmelten immer wiederkehrende Worte. Worte, die sie vor langer Zeit gelernt hatte. Worte, die ihr Mut und Kraft gaben:

„Pater noster qui es in caelis sanctificetur nomen tuum. Adveniat regnum tuum, fiat voluntas tua sicut in caelo, et in terra. Panem nostrum superstantialem da nobis hodie et dimitte nobis debita nostra sicut et nos dimittimus debitoribus nostris. Et ne nos inducas in tentationem sed libera nos a malo, amen."

Immer und immer wieder wiederholte sie diese Worte im Kopf.

„Nein, nein, nein, nein", schrie dieses bösartige Wesen in ihr. „Damit bekommst du mich nicht raus. Ich bin ein Wesen aus der Anderswelt. Niemals wirst du es schaffen das ich dich verlasse."

Der Wagen fuhr die Autobahn entlang, Regen setzte ein und „ES" fuhr in rasender Geschwindigkeit. Da es sich um die Vormittagszeit handelte, war nicht wirklich viel los auf der Straße.

„Heradulesda... akedalesade", der Wagen fing ein wenig an zu schlingern. „Heradulesda...heradulesada...akedalesada...akedalesade",

„ES" hatte Mühe das Auto in der Spur zu halten und fing an zu schreien: „Wenn du so weitermachst, werde ich das Auto gegen die Leitplanke setzen.

Wie sagt man es so schön in eurer Welt? Ich werde deinen Körper töten, denn ich bin unsterblich. Also hör auf." Und um die Worte von „ES" zu untermalen, schickte „ES" einen mächtigen schmerzenden Stromstoß durch den Körper.

Granny schluchzte kurz auf. Ihre Seele taumelte hilflos aus ihrem Körper heraus, die Kontrolle über ihre Seele war weg aber ihr Körper funktionierte durch, „ES".

Warum

Kapitel 14 Anders-Welt

Schleier, wabernde, kringelnde haltlos durchdrehende Schleier. Schwarz, blitzlichterhafte Schemen, körperlos, haltlos, in sich zerreißende Verzweiflung. So spürte sie sich, aber gab es eine sie? Wer war sie? Wo war sie? Was war sie?

Sie versuchte sich zu erinnern. Schemenhaft kamen die Gedanken. Es kreiselte und waberte um sie herum. Orientierung, sie musste die Orientierung wiederfinden. Sie nahm Bruchstücke auf, Wortfetzen die keinen Sinn ergaben.

Immer wieder hörte sie einen Namen: „Kelia, Kelia bleib bei uns, wach auf, öffne deine Augen." Nur ganz langsam kam ihre Kraft wieder. Ganz langsam kroch ein Wissen in ihr hoch, wer sie war und was sie war. „Kelia wir sind es. Goldor ist hier und Zierses. Ich bin es, Rebekka." Nach ihrer Meinung nach schier endlos langer Zeit schlug Kelia ihre Augen auf.

Sie schaute sich um und erschrak bei dem Gedanken, der in ihr hochkam. Sie versuchte zu sprechen. Nach mehrmaligem Räuspern gelang es ihr auch. „Wisst ihr, wo wir sind?", fragte sie ganz aufgeregt in die Runde schauend. Alle schauten sie nur Kopf schüttelnd und fragend an.

„Wir sind an der Barriere zum Albtraumland und ihr könnt von Glück reden das „ES" uns noch nicht entdeckt hat", Kelia schüttelte ihr schlohweißes Haar und schaute mit ihren silbrig mit schwarzen Punkten versehenden Augen direkt Rebekka an. Diese, wie auch alle anderen machten einen Satz nach hinten, sodass sie beinahe übereinander gefallen wären.

„Kelia" fragte Goldor, „was ist mit dir passiert, dein Haar, deine Augen?"

Kelia schaute an sich herunter und fasste ihre nun weißen Haare an; musterte sie und sagte: „Ach das, ja das war der Zauber, den ich rief. Doch es wird sich normalisieren, wenn wir hier wieder raus sind. Beeilt euch, wir müssen schnell zu Steven, er ist in Gefahr. Schaut dort drüben." Sie stand auf, schüttelte sich kurz um den Energiefluss anzuregen, wischte mit ihren Händen seltsame Zeichen durch die Luft und aus dem suppigen Grau formte sich ein Tal. Urwaldähnliche Hänge zwischen Tal und Hügel kamen zum Vorschein. Ein nie endendes Grün und bei näherem Hinsehen tat sich eine braune Landschaft auf.

„Dort müssen wir hin." Sie zeigte auf einen Punkt inmitten des Urwaldes, der dunkelbraun waberte.

„Dort ist Steven, also lasst uns losgehen." Rebekka, die das Ganze sprachlos verfolgt hatte, wurde auf einmal ganz aufgeregt.

Sie schaute mit weit aufgerissenen Augen in die Richtung die Kelia grad hat erscheinen lassen. Der Boden formte sich neu. Es war ein brauner krümeliger Belag zu ihren Füßen. Schnell hüpfte sie darüber hinweg nach vorn, um mithalten zu können. Dadurch, dass alles so schnell hintereinander geschah, kreiselte es in ihrem Kopf ein wenig. Doch sie hatte sich schnell wieder im Gleichgewicht und lief den anderen hinterher.

Kapitel 15 Es

Diese machtvollen Worte begannen ihre Wirkung zu zeigen. Das Auto schlingerte zunehmend „ES" heulte auf und war nicht mehr Herr seiner Situation... das Auto durchbrach die Leitplanke. Raste einen Berg hinunter und bevor es gegen eine Menschenmenge fuhr, zersprang es in Millionen Einzelteile und verpuffte ins Nichts.

„ES" wurde in einer wabernden Nebelwolke eingefangen. „ES" versuchte sich daraus zu befreien. Doch jedes Mal, wenn „ES" dachte einen Ausweg durch ein Loch in dem wabernden Nichts gefunden zu haben, schloss sich dieses Loch wieder und wurde zu einem undurchdringlichen Gespinst.

„ES" hatte keine Gedanken mehr außer Gier, Habsucht und Neid. In kreiselnder Rotation. „ES" war wütend, Es wollte die Macht wiedererlangen.

Es

Kapitel 16 Alles oder Nichts?

Sie rannten und rannten, Kelia, Goldor, Zierses, nur wo wahr Flux? Rebekka sah sich kurz um und bekam eine kurze Ahnung. Aber kaum war sie da, verschwamm die Erinnerung ins Nichts.

„Kelia", rief sie, „Goldor, Zierses, ihr seid zu schnell, ich komm nicht hinterher", murmelte sie, „wartet."

Und wieder waberte der Nebel auf. Ihre Gedanken wurden wirr. Ein sekundenhaftes Erinnern, Fliesen, Weiß? Rebekkas Gedanken verloren sich in die Unendlichkeit.

Alles **oder Nichts?**

Kapitel 17 Jetzt

„Wir bekommen sie zurück, gebt nicht auf."

Ein monotones Piepen war zu hören. Dann ein unregelmäßiges Piep- Geräusch. Menschen in OP-Kleidung mit Gummihandschuhen und Mundschutz rannten zielstrebig hin und her. Auf dem Tisch lag eine zarte junge Frau.

Jetzt

Kapitel 18 Braun

„Kelia, lauft nicht so schnell.", rief Rebekka. Ich bin so müde. Kelia, die Rebekkas Rufen hörte, drehte sich um und rief: „Rebekka beeil dich, er kommt hierher."

Rebekka, die nun all ihre Kraft zusammennahm, schaffte es Kelia einzuholen. Goldor und Zierses liefen schon in den braunen Dschungel hinein und sie verschwanden vor ihren Augen. Nur Kelia und Emma liefen an ihrer Seite.

Der Pfad fing unter ihren Füßen matschig zu werden, sie konnten ihre Beine nur noch schwer bewegen. Das Dickicht wurde fast undurchdringlich. Lianen waberten braun aus den Bäumen, oder dass was man als Bäume ansehen würde, hervor. Nichts war da, alles war da, war weg. Wo war sie? Wer war sie? Was, was war in ihrem Gesicht? Laut, es war auf einmal alles so laut. Rebekka spürte das sie lag. Sie wollte sich aufrichten aber etwas hielt sie fest. Dann verschwamm alles vor ihren Augen und der Schlaf hüllte sie ein.

Braun

Kapitel 19 Endlos

„Rebekka, hörst du mich? Öffne deine Augen, sieh mich…"
Eine Stimme kitzelte Rebekkas Bewusstsein.

Wo war sie, was wollte diese Stimme von ihr? Wer oder was
war die Stimme? Alles war in ihrem Kopf verschwommen.

Rebekka versuchte ihre Augen zu öffnen, "Uuuuuhhh", es war
so schrecklich hell hier.

Dass was sie sah, kam ihr so unwirklich vor. Ihr wurde etwas
Feuchtes durchs Gesicht gewischt. „Emma", ihre Gedanken formten das Wort Emma.

Ganz langsam öffneten sich ihre Augen. Doch was sie sah,
konnte ihr Verstand kaum begreifen. Sie lag; sie lag wohl auf einer
Liege. Einer Liege, oder was war es? Rebekka konnte sich nicht
bewegen, ihre Hände gehorchten ihr nicht.

„Rebekka", sagte eine Stimme zu ihr. „Rebekka, bleib ganz ruhig, du bist noch sehr schwach." Sie schaute in die Augen einer
Frau und nun kamen die Erinnerung hoch wer diese Frau war. Kelia, konnte es Kelia sein? Ihre Augen, ihre Haare.

Rebekka versuchte zu sprechen, zu flüstern. „Kelia wo bin ich?
Habt ihr Steven und die anderen gefunden?"

Rebekka schaute in zwei meergrüne Augen. Sanft schüttelte die
Person die sie, als Kelia angesprochen hatte den Kopf: „Mein
Name ist Kelata und ich bin Ärztin dieser Station."

Wirre Gedanken schossen in Rebekkas Kopf hin und her. Wo
war ihre Realität?

Vorsichtig versuchte sie sich ein wenig aufzusetzen. Sie sah einen weißen Raum, ein Fenster und ihre Mum. Aber wie konnte das sein?

„Mum?", flüsterte sie kaum hörbar, „wo bin ich hier?" Ihre Mutter kam auf sie zu und nahm ihre Hand. Ihr Gesicht war nass von den Tränen, die unaufhörlich ihre Wange herunterrollten.

„Bekky", sagte sie, „da bist du ja endlich. Wir haben es nicht geglaubt, dass du wieder wach wirst."

Rebekka, die alles mitbekommen hatte, schaute sie nur ungläubig an.Ihre Mutter streichelte ihren Arm und schaute zur Ärztin herüber.

„Frau Dr. Kelata, darf ich sie mit nach Hause nehmen?" Dr. Kelata antwortete: „Sie muss sich erst noch erholen. Sie war so lange im Koma, geben sie mir noch ein bis zwei Tage Zeit."

Rebekka schaute beide fragend an und wusste nicht was sie sagen sollte. Im Hintergrund öffnete sich die Tür und ein kleines wuseliges Etwas sprang in ihr Bett. Emma, es war Emma. Aber was machte sie hier?

An Emma hing noch eine Person, sie traute ihren Augen nicht. „Granny", du bist es wirklich. Rebekkas Augen weiteten sich. Granny, die schnell auf sie zukam, grinste bis über beide Ohren.

Emma wuselte auf ihrem Bett herum, drehte sich ein paarmal und legte sich zufrieden ans Bettende.

„Granny", flüsterte Rebekka, „was machst du hier? Wo ist „ES"?"

Rebekkas Körper fing unkontrolliert an zu zittern, ihre Arme und Beine bebten umso näher ihre Granny kam. Sie versuchte aus dem Bett zu springen, doch sie war zu schwach und ihre Mutter und die Ärztin hielten sie fest.

Die Ärztin zog eine vorbereitete Spritze auf und schickte Rebekka zurück ins Land der Träume?!

Zeitfracht Medien GmbH
Ferdinand-Jühlke-Straße 7
99095 Erfurt, Deutschland
produktsicherheit@kolibri360.de